Marie
la chipie

Données de catalogage avant publication (Canada)

Demers, Dominique
Marie la chipie
(Bilbo jeunesse ; 70)
ISBN 2-89037-824-1
I. Titre. II. Collection.
PS8557.E488M36 1997 jC843'54 C97-941120-3
PS9557.E468M36 1997
PZ23.D45Ma 1997

Le Conseil des Arts | The Canada Council
du Canada | for the Arts

Nous reconnaissons l'aide financière du
gouvernement du Canada par l'entremise du
Programme d'aide au développement de l'industrie
de l'édition (PADIÉ) pour nos activités d'édition.

Gouvernement du Québec – Programme de crédit
d'impôt pour l'édition de livres – Gestion SODEC.

Les Éditions Québec Amérique bénéficient du
programme de subvention globale du Conseil des
Arts du Canada. Elles tiennent également à
remercier la SODEC pour son appui financier.

Québec Amérique
329, rue de la Commune Ouest, 3ᵉ étage
Montréal (Québec) H2Y 2E1
Téléphone : (514) 499-3000, télécopieur : (514) 499-3010

Dépôt légal : 3ᵉ trimestre 1997
Bibliothèque nationale du Québec
Bibliothèque nationale du Canada

Révision linguistique : Diane Martin
Mise en pages : Andréa Joseph
Réimpression avril 2003

Marie
la chipie

DOMINIQUE DEMERS

ILLUSTRATIONS : PHILIPPE BÉHA

QUÉBEC AMÉRIQUE jeunesse

De la même auteure chez Québec Amérique

Pour les jeunes
Ta voix dans la nuit, coll. Titan, 2001.
Maïna – Tome I, L'Appel des loups, coll. Titan+, 1997.
Maïna – Tome II, Au pays de Natak, coll. Titan+, 1997.

Série Marie-Lune
Un hiver de tourmente, coll. Titan, 1998.
Ils dansent dans la tempête, coll. Titan, 1994.
Les Grands sapins ne meurent pas, coll. Titan, 1993.

Série Alexis
Léon Maigrichon, coll. Bilbo, 2000.
Roméo Lebeau, coll. Bilbo, 1999.
Toto la brute, coll. Bilbo, 1998.
Valentine Picotée, coll. Bilbo, 1998.
Marie la chipie, coll. Bilbo, 1997.

Série Charlotte
Une drôle de ministre, coll. Bilbo, 2001.
Une bien curieuse factrice, coll. Bilbo, 1999.
La Mystérieuse Bibliothécaire, coll. Bilbo, 1997.
La Nouvelle Maîtresse, coll. Bilbo, 1994.

Pour les adultes
Le Pari, coll. Tous Continents, 1999.
Maïna, coll. Tous Continents, 1997.
Marie-Tempête, coll. Tous Continents, 1997.
La Bibliothèque des enfants, Des trésors pour les 0 à 9 ans,
coll. Explorations, 1995.
Du Petit Poucet au dernier des raisins, coll. Explorations, 1994.

À tous les enfants qui ont aimé
Toto la Brute et
Valentine Picotée.

À Simon, Alexis et Marie
qui, comme toujours,
m'ont inspirée.

1
Alexis le zizi

— Mariiie-Cléooo! Mariiiiiie-
Cléoooooo!! Viens faire un
beau dodo... Viens, ma belle
pucette d'amour... Viens, mon
beau trésor adoré...

Enfin huit heures! Bon débar-
ras : ma sœur s'en va. Allez!
Vite! Au dodo, la Marie-Cléo.

J'ai toujours hâte à huit heures.
Parce qu'à huit heures, tous les
soirs, je redeviens enfant unique...
pendant trente minutes.

Plus de Marie-Cléo dans les
jambes. Disparue la petite acha-
lante. Mon père et ma mère
s'occupent juste de moi. Le beau,

le merveilleux, l'extraordinaire Alexis Dumoulin-Marchand.

J'adore l'heure de la disparition de Marie-Cléo, mais quand je vois ma mère chouchouter ma sœur, la minoucher, la dorloter, la cajoler, j'ai du mal à digérer mon souper.

— Mariiiie-Clééééooo ! Mariiiiiiie-Cléééééoooooo ! Sors de ta cachette, ma princesse.

Ah non ! Là, c'est mon père qui fait le niaiseux. Il va se mettre à chercher Marie-Cléo partout. Tout le monde sait qu'elle est sous son lit. Ça fait trois millions de fois qu'elle se cache à la même place.

— ELLE EST CACHÉE SOUS SON LIT !

J'ai beau crier, ils ne veulent pas entendre.

Tous les soirs, c'est pareil. Le cirque Marie-Cléo. La grande comédie d'avant le dodo.

Je me demande ce que mes parents lui trouvent d'intéressant. Ma sœur est petite, laide et braillarde. En plus, elle jacasse sans arrêt, elle court comme un singe et elle ne connaît pas la différence entre une rondelle de hockey et un bâton de baseball.

Et surtout : elle est détestable. Terriblement, monstrueusement, épouvantablement DÉ-TES-TA-BLE.

Un exemple ? Samedi dernier, Marie-Cléo voulait emprunter ma superballe mauve. Celle qui brille dans le noir et bondit plus haut que le balcon de monsieur Gibelotte, notre voisin. J'ai refusé, parce que ma sœur est un peu

tête de linotte. Elle perd toujours tout !

Le jour même, Marie-Cléo la chipie s'est vengée.

Pendant que je me faisais extraire une dent au cabinet du docteur Larraché, ma charmante sœur a planté une pancarte devant chez nous.

Et sais-tu ce que cette peste de Marie-Cléo et sa détestable complice Aimée-Soleil-la-nigaude avaient demandé à un plus grand d'écrire sur cette affiche ?

FRÈRE À VENDRE !

Tous mes amis de la rue ont bien ri. J'avais envie de couper ma sœur en petits morceaux, de l'enfiler sur des brochettes et de la livrer prête à cuire à des cannibales affamés. Mais je n'ai même pas pu l'engueuler comme il faut parce que le docteur Larraché m'avait mis une tonne de petits tampons dégueulasses dans la bouche.

Pendant que je revenais de l'école, aujourd'hui, Marie la chipie m'a encore fait enrager. Je marchais avec Katarina...

Katarina... c'est un peu... beaucoup... ma blonde...

Donc, je revenais de l'école avec Katarina. Je lui décrivais le nouveau papillon de ma collection d'insectes. Ses ailes sont bleues avec des pastilles jaunes éparpillées un peu partout. On dirait qu'il a la picote.

On venait de dépasser le dépanneur quand une météorite hurlante a foncé sur nous.

BOOOOUUUUU!!!

Marie-Cléo est venue se planter entre Katarina et moi. Elle avait la bouche fendue jusqu'aux oreilles. Je savais exactement ce qu'elle voulait.

Ma sœur est amoureuse d'un petit gars qui s'appelle Henri. Oui, oui, à quatre ans et demi! Et Henri, c'est le frère de Katarina. C'est pour ça que ma sœur nous suit partout.

Heureusement, Henri n'est pas un imbécile. Il s'intéresse bien plus à ses petits bonshommes en plastique qu'à Marie la chipie.

Katarina est beaucoup trop gentille. Comme d'habitude, elle a invité Marie-Cléo à venir prendre une collation avec nous.

Fesses de maringouin! Ça m'enrage!

J'ai décidé de prendre l'affaire en main. J'en avais assez de traîner ma sœur partout. Je voulais être seul avec ma blonde. C'est normal, non?

— Marie, va peigner les cheveux de tes poupées Barbie! Henri n'a pas envie de jouer avec toi.

Ma sœur est devenue mauve de colère. Ses yeux lançaient des éclairs. Je m'attendais à ce que la

fumée lui sorte par le nez... ou qu'elle se mette à pleurer.

Mais non ! Marie-Cléo s'est tournée vers moi et elle a crié, assez fort pour que toute la ville entende :

— ALEXIS LE ZIZI !

Puis, elle a éclaté de rire et elle s'est enfuie.

J'aurais voulu disparaître derrière un brin d'herbe. J'étais tellement gêné ! Je n'osais même pas regarder Katarina.

Alexis le zi... C'est tellement nono de dire... **ÇA**. Ma sœur est un vrai bébé-la-la. Crier... **ÇA**... à tue-tête. Et devant une fille en plus. Je pense qu'il n'y a rien au monde de plus gênant !

Katarina me regardait. Elle semblait embarrassée. Mais... mais en même temps elle avait envie de rire. Je le voyais. Ça paraissait.

Moi, je me sentais prêt à exploser. De honte, de colère, de peine. Je ne pouvais pas rester planté là. Alors, je me suis sauvé en courant.

En arrivant à la maison, je me suis glissé sans bruit dans la chambre de Marie-Cléo. J'ai fouillé dans sa boîte de jouets et j'ai trouvé sa Barbie préférée. Celle avec de longs cheveux jaunes tout emmêlés et des taches de jus de raisin sur son affreuse robe de mariée. Ma sœur l'adore !

Au début, je pensais lui couper les cheveux. Mais, finalement, je lui ai arraché la tête.

C'est étrange : quand j'ai vu la tête sans cou dans ma main et la Barbie décapitée sur le plancher, ma colère a disparu d'un coup. Je n'avais plus du tout envie de faire rôtir ma sœur sur un barbecue.

Même que j'avais un peu honte. Je regrettais déjà d'avoir massacré sa poupée.

J'ai tenté de remettre la tête en place, mais on aurait dit que le cou avait gonflé. J'étais incapable de le recoincer dans le trou.

Les secondes s'écoulaient. J'étais de plus en plus énervé. Soudain, j'ai eu une idée. J'ai couru aux toilettes et j'ai jeté la tête de Barbie dans la cuvette pour m'en débarrasser. Puis, j'ai tiré la chasse d'eau.

2
La tête de Barbie

Devine ce qui m'arrive ? Je n'ai plus le droit de jouer au Nintendo ni de regarder la télévision. Pendant deux semaines !

Quatorze jours ! Trois cent trente-six heures selon ma calculatrice.

Tout ça parce que notre toilette ne réussit pas à avaler une tête de poupée.

Après l'opération Barbie, je suis allé me reposer dans ma chambre. Je regardais sagement ma collection de collants de hockey lorsque ma sœur s'est mise à hurler comme si un ogre la tranchait en rondelles.

Ma mère a accouru et, un quart de seconde plus tard, elle poussait la porte de ma chambre.

J'ai tout de suite compris que j'étais dans le pétrin. Dans sa main droite, ma mère brandissait... la tête de Barbie que je croyais déjà disparue au fond des égouts.

Tout ça est tellement injuste !

Ma sœur m'embête sans arrêt. Elle me joue des tours. Elle me traite de tous les noms.

Et c'est moi qui suis puni !

En plus de m'interdire de regarder la télé et de jouer au Nintendo, ma mère m'a sermonné pendant des heures.

— Tu devrais avoir honte, Alexis Dumoulin-Marchand. C'est

vraiment laid ce que tu as fait. Je suis très très déçue de toi. Pauvre Marie-Cléo !

Pauvre Marie-Cléo ?! Pendant que ma mère chicanait, l'horrible petite chipie souriait de toutes ses dents, l'air parfaitement haïssable.

Et ce n'est pas tout ! La cerise sur le *sundae*, c'est qu'aujourd'hui tous les élèves de l'école Sainte-Gertrude ont reçu leur bulletin. J'ai obtenu : deux B+, trois C et... un D. Si au moins mon D était en musique ou en arts plastiques ! Ma mère s'intéresse moins à ces matières-là. Mais non : Alexis le chanceux a récolté un D en mathématiques.

Ma sœur, elle, est en maternelle. Et en maternelle, tout le monde le sait, c'est archi-bébé-

facile. Pas besoin d'être bolé
pour apprendre à coller. Alors
c'est bien normal que ma sœur
ait obtenu des A partout.

Comptez sur Marie-Cléo, elle
s'en est vantée toute la soirée :
« As-tu vu mon super beau bulletin, papa ? Es-tu contente de
moi, maman ? Je suis pas mal

bonne, hein ? Est-ce que je mérite un petit cadeau ?»

Et bisou par-ci, et bisou par-là. J'étais dégoûté.

Parfois, la nuit, je rêve que je garde Marie-Cléo pendant que mes parents vont au cinéma. Et là, j'emmène ma sœur loin, loin, loin. Jusqu'au bout de la ville. Jusqu'à une grande grande forêt. Une forêt immense et noire et pleine de loups.

Et là... Là ? Je me sauve ! Oui, oui. Je laisse Marie-Cléo toute seule et je reviens en courant.

Bon, peut-être, que dans la vraie vie, je n'irais pas jusque-là. Mais j'en ai vraiment assez de Marie la chipie. Tellement assez que ce soir, moi Alexis Dumoulin-Marchand, j'ai pris une grave décision.

J'ai un plan! Une idée du tonnerre. Préparez-vous, fesses de maringouin! Alexis contre-attaque.

3
Opération E.T.

J'aurais pu faire ma valise et partir. Même que j'y ai songé. Mes parents auraient vite compris que la vie sans Alexis, c'est triste... triste... comme un hamburger sans cornichon, une poutine sans fromage ou un sandwich à juste un étage.

J'aurais pu partir. Mais pour aller où ?

Dans les films, c'est facile. Quand le héros veut échapper à des bandits, il saute dans un taxi et file droit à l'aéroport. Là, le bel acteur monte à bord du premier avion et *ziiioooouuuummmm*, il

vole vers une île pleine de coco-
tiers où c'est toujours l'été.

Le problème, c'est que je ne
suis pas Arnold Schwarnana-je-
ne-sais-plus-quoi. Je m'appelle
Alexis Dumoulin-Marchand et
j'ai seulement quatre dollars et
trente-trois sous dans ma banque
en pingouin. Ce n'est pas assez
pour un taxi et encore moins
pour un billet d'avion.

En plus, je pense que la vie de
fugitif, ça doit être ennuyant,
après un certain temps. On est
seul en bibitte. On n'a personne
avec qui jouer. Personne avec
qui parler.

J'ai eu envie de téléphoner à
Katarina et d'imiter les héros des
films. Je lui aurais dit : « Si tu
m'aimes, suis-moi. » Elle aurait
vite préparé sa valise puis sauté

par la fenêtre de sa chambre pour me rejoindre. Et hop! On se serait enfuis vers l'autre bout de la planète.

J'aurais pu téléphoner à Katarina, mais je ne l'ai pas fait. Au cinéma, les filles disent toujours oui. Ça va bien. C'est facile pour les héros. Mais dans la vraie vie, tout peut arriver. Si Katarina refusait de me suivre à l'autre bout de la planète? Si elle se moquait de moi? Si elle me dénonçait à mes parents?

Heureusement, l'incomparable Alexis a eu une idée de génie.

Je me suis dit : dans le fond, ce qui compte, c'est que mes parents comprennent qu'il n'y a pas juste Marie-Cléo sur la planète Terre. Il faut absolument qu'ils découvrent combien leur fils Alexis est merveilleux et important et comment la vie serait tout à fait insupportable sans lui.

Pour toutes ces raisons, j'ai décidé que je n'avais pas besoin de fuir pour vrai. Pas tout de suite en tout cas. Je n'ai qu'à bien me cacher. Mes parents me croiront disparu et je pourrai épier leurs réactions. Je les verrai pleurer, crier, s'arracher les cheveux, gémir de désespoir et peut-être même perdre un peu la boule en découvrant la disparition de leur fils.

Si jamais ils ne réagissent pas, je saurai qu'ils ne m'aiment pas et, alors, je m'enfuirai pour vrai. Je ne reviendrai plus jamais.

J'ai pensé à tous mes endroits préférés pour jouer à la cachette. Derrière le rideau de douche,

dans le panier de linge sale, sous
l'évier de cuisine... Non, c'était
trop facile.

Soudain, j'ai crié : E.T.

C'était ça mon idée. Faire
comme E.T. l'extraterrestre dans
le film. La petite bibitte de
l'autre planète se cache dans un
placard plein de jouets. C'est

archifacile, mais personne ne le trouve parce que les jouets lui servent de camouflage.

J'ai pris quelques minutes pour mettre au point mon plan.

Opération E.T.

But : que mes parents découvrent qu'il n'y a pas juste Marie-Cléo sur la planète Terre.

Méthode : faire semblant de me sauver en me cachant dans le placard.

Date : dans quelques heures.

Matériel : lettre d'adieu et placard en désordre.

Avant de me coucher, j'ai écrit très proprement sur du beau papier :

Cher parents,

Adieu! Vous ne me revèré plus. Jé compri que vous préféré vivre seul avec Marie-Cléo votre chou-chou.

Alexis
(votre fils <u>pas assez</u> adoré)

J'ai caché la lettre entre mes deux matelas en attendant.

Tout était prêt.

Mon placard ? Pas de problème ! Il est déjà complètement, parfaitement, merveilleusement... en très grand désordre.

4
Alexzis, ze t'aime !

Je me suis réveillé avant tout le monde. À cinq heures cinquante-cinq minutes ! Dehors, le ciel était archinoir.

En silence, j'ai tiré les couvertures de mon lit. Ce n'est pas mon habitude, mais ce matin ça faisait partie du plan. Puis, j'ai pris la lettre entre mes deux matelas et je l'ai placée bien en vue sur ma douillette.

Soudain, un bruit métallique m'a fait sursauter. On aurait dit le cliquetis des chaînes d'un fantôme ou d'un revenant. Mon cœur a bondi et j'ai failli crier.

Mon plan aurait échoué avant même de commencer. Heureusement, j'ai compris juste à temps. C'était Batman, ma gerboise, qui jouait au Cirque du soleil dans le manège de sa cage.

Fiouuu !

J'ai réussi à m'habiller sans réveiller personne. C'était facile : mes vêtements d'hier traînaient sur le plancher.

L'opération se compliquait maintenant. Il fallait ouvrir la porte de mon placard sans faire de bruit et, surtout, sans déclencher une avalanche de jouets.

J'allais ouvrir la porte quand j'ai songé au pain doré. J'avais complètement oublié ! On était jeudi. Et tous les jeudis ma mère a congé et elle nous prépare du pain doré pour déjeuner.

Le pire, c'est que j'avais faim ! Très faim même, soudain. Mon estomac négligé lançait des petits *grounche grounche* désespérés.

Si au moins j'avais pensé à préparer un pique-nique. À l'abri dans mon placard, j'aurais pu grignoter tranquillement une collation en attendant un vrai repas. J'aurais bien aimé avaler un ou deux triples sandwiches aux bananes, au jambon et au beurre d'arachide. Ou encore un grand lait battu bien frais à la confiture de cerises, au miel et aux pépites de chocolat.

Soudain, le réveille-matin de mon père a sonné. Je n'avais plus le choix ! Le brave Alexis a ouvert la porte de son placard et plongé dans le tas de jouets.

Prochaine étape : opération camouflage.

Le problème, c'est qu'il faisait noir en bibitte dans mon placard, et j'avais oublié ma lampe de poche. Peu importe : le beau, le merveilleux, l'extraordinaire Alexis a quand même réussi sa mission.

Je me suis caché derrière King Kong. C'est mon plus gros animal de peluche : un gigantesque orang-outan poilu ! J'ai balancé deux vieilles couvertures par-dessus nos têtes et je nous ai recouverts de blocs Lego géants.

Le problème, c'est qu'une fois enfoui sous cette pyramide, j'avais du mal à respirer et je n'entendais plus très bien. Au bout d'un long moment, la porte de ma chambre s'est ouverte et

j'ai entendu ma mère appeler de la cuisine :

— Alexis, réveille-toi, mon chéri. C'est l'heure d'aller à l'école...

Mon cœur battait comme un fou. Ma mère allait-elle découvrir ma disparition ?

Mais non ! Elle n'est même pas venue vérifier si j'étais vivant. Elle ne savait même pas si j'étais encore ici ou en Indonésie.

C'est ma sœur qui était entrée dans ma chambre.

— Alexzis ! Alexzis !

Marie-Cléo s'est dirigée vers le placard et, brusquement, elle a ouvert la porte. Ma sœur était juste devant moi. J'aurais pu lui toucher. Je pouvais même sentir son haleine de gomme baloune.

— Alexzis! Alexzis! Me prêtes-tu ta zirafe?

J'ai arrêté de respirer.

L'affreux désastre à deux pattes, l'horrible petite chipie s'est mise à fouiller dans mon placard. Elle m'a écrasé un pied, elle a fait dégringoler des blocs Lego sur mon nez, elle m'a tripoté la tête et elle m'a chatouillé le cou.

Mais je n'ai pas bougé.

Ma sœur ne savait pas que j'étais caché!

Marie la peste s'est finalement emparée du fameux toutou à long cou et, bien sûr, elle n'a pas attendu ma permission pour l'emprunter. Même qu'elle s'est tout de suite mise à jacasser.

— Bonzour, mademoizelle Zozée! Viens-tu à l'école avec moi?

Elle est repartie avec ma girafe sans refermer la porte du placard. Quelques minutes plus tard, je l'ai entendue crier.

— Maman ! Maman ! Où est Alexzis ? Maman ! Maman ! Où est Alexzis ?

Ma mère est arrivée dans ma chambre presque immédiatement. Et là, enfin, elle a réagi.

— MICHEL ! ! ! MICHEL ! ! !

Elle appelait mon père, mais il était déjà parti. Ma mère venait sûrement de lire mon message.

— Oh ! Non... Alexis ! Mon petit coco d'amour ! Oh non ! Alexis !

Ma mère était paniquée. Sa voix tremblait bizarrement. Ça m'a fait tout drôle. J'étais comme heureux et désespéré en même temps.

— ALEXIIIS! ALEXIIIS!

Cette fois, ma mère avait vraiment crié fort. J'ai failli sortir tout de suite. Mon plan fonctionnait parfaitement, mais ça ne me faisait plus tellement plaisir. C'était même un peu épouvantable.

J'ai repoussé un bout de couverture et une patte d'orang-outan pour mieux voir. Ma mère était assise sur mon lit. Sa tête était penchée. Elle ne pleurait pas, mais elle semblait tellement terriblement découragée que ça m'a encore plus touché.

J'avais vraiment envie de sortir de ma cachette et de sauter sur ma mère pour lui donner une gigantesque caresse et trois milliards de becs. J'allais le faire, mais Marie-Cléo est revenue. Alors, j'ai décidé de rester caché.

Maman a expliqué à sa petite chipie que j'étais parti mais que je reviendrais, qu'on me retrouverait.

Et là, crois-le ou pas, Marie-Cléo a éclaté en sanglots. Elle s'est mise à pleurer comme si on venait de lui raser le crâne ou de briser ses horribles barrettes en minimorceaux. Entre les pleurs et les gros hoquets, elle disait toutes sortes de niaiseries comme : « Alexzis, ze t'aime ! » « Alexzis, zm'excuze ! » « Alexzis, reviens. Ze t'en supplie ! »

Le pire, le plus surprenant, c'est... que j'avais le cœur en bouillie. C'est difficile à croire, presque impossible à imaginer, mais ma sœur faisait vraiment pitié. En plus, ma mère ne la consolait même pas. Il me semble que moi, à sa place, je me serais occupé de Marie-Cléo.

Un peu en tout cas.

Ma mère courait partout. Elle était dans la cuisine maintenant. Entre deux sanglots de Marie-Cléo, je l'ai entendue parler au téléphone.

— Oui... Depuis hier soir, je crois. Son lit n'est pas défait. Il n'a pas dormi ici. Faites vite. Je vous en supplie. Je vous attends... Oui, oui, monsieur l'agent.

Monsieur... *l'agent*? L'agent de quoi ? Qu'est-ce que c'est ça ?

Soudain, j'ai compris. Ah non ! Ma mère venait d'avertir les policiers.

Fesses de maringouin ! Ce n'était pas du tout prévu dans mon plan.

Pauvre Alexis ! Cette fois, j'allais y goûter !

5
Au secours !

J'avais chaud, j'avais soif, j'avais mal au ventre et un peu envie. En plus, j'étais triste et j'avais peur aussi.

Je me demandais ce que feraient les policiers en me découvrant dans le placard. Allaient-ils me tirer les oreilles ou me mettre les menottes ? Et que diraient ma mère, mon père, Katarina, mes amis ? J'ai même pensé à monsieur Torture, notre directeur, et à mon prof, Macaroni.

Marie-Cléo était restée dans ma chambre. Elle s'est approchée de la cage de Batman, juste à côté, et elle s'est mise à parler à ma gerboise.

— Le sais-tu, toi, où est Alexzis ? Hein, Batman ?

Là, ma sœur a reniflé un grand coup. C'était vraiment dégoûtant.

— Oh ! Batman ! Z'ai un idée. Z'ai une bonne bonne idée. Ze vais trouver Alexzis.

Je pensais que Marie-Cloé allait fouiller dans le placard. Mais non. Elle est partie.

J'allais sortir. J'avais réuni tout mon courage et j'allais sortir de ma cachette. J'aurais l'air ridicule mais tant pis. J'en avais assez. Plus j'attendais, plus les catastrophes s'accumulaient.

J'allais sortir... quand j'ai entendu la sonnerie de la porte d'entrée. En m'étirant le cou, j'ai aperçu des lumières de soucoupes volantes à la fenêtre de ma chambre. C'étaient les gyrophares des policiers.

Ils étaient arrivés. Quelle horreur! J'ai fait le vœu de me transformer en microbe mais, comme d'habitude, ça n'a rien donné.

Trois secondes plus tard, ma mère et deux policiers entraient dans ma chambre.

— Regardez! Les couvertures sont bien tirées. Alexis n'a même pas dormi dans son lit.

— Ne vous inquiétez pas, madame Dumoulin-Marchand, nous allons le retrouver.

Les policiers avaient une grosse voix. Je me sentais mou comme du pouding. Soudain, j'ai entendu la porte claquer. Pas la porte de ma chambre. La porte d'entrée. C'était quand même étrange... Mon père était déjà parti. Ma mère était juste à côté. Et les deux policiers aussi. Qui donc était sorti ?

MARIE-CLÉO !

D'un coup, j'ai tout compris. Ma sœur avait promis de me retrouver, alors elle était partie à ma recherche. Seule. Et pas dans l'appartement : dans les rues de Montréal.

Fesses de maringouin !

Dans ma tête, j'engueulais ma sœur. « Espèce de nouille ! Tête de diplodocus ! Cervelle de coquerelle ! Tu pourrais te perdre toute seule. Te faire écrapoutir par un autobus. Ou kidnapper par une brute sadique. Tu sais bien que tu n'as pas le droit de dépasser le coin de la rue. »

Soudain, je me suis décidé. J'ai bondi sur mes pattes. La pyramide de jouets s'est effondrée et... je me suis retrouvé nez à nez avec un policier.

Le pauvre a hurlé comme si j'étais un cannibale affamé ou un vampire déshydraté.

Ma mère a crié : ALEXIS !

Je l'ai regardée. Elle n'était même pas fâchée. Elle venait vers moi. C'était exactement ce que j'espérais. Et j'avais vraiment envie de me jeter dans ses bras.

Mais c'était impossible. J'étais trop pressé. Il fallait absolument que je ramène ma sœur à la maison avant qu'il soit trop tard.

6
Un Alexis aplati ?

En courant, j'ai réfléchi. Marie-Cléo a l'habitude d'aller :
1. à la maternelle,
2. chez Katarina,
3. chez Aimée-Soleil-la-nigaude.
Heureusement, toutes ces destinations sont dans la même direction.

J'ai vite dépassé la maison d'Aimée-Soleil-la-nigaude, puis l'école et, enfin, la rue où habite ma belle Katarina. Malheureusement, il n'y avait pas l'ombre d'une Marie-Cléo à l'horizon.

Je commençais à me sentir découragé. J'ai pensé retourner

chez moi afin d'expliquer à ma mère et aux policiers qu'il fallait retrouver ma sœur au plus vite. Leur dire qu'elle était partie à ma recherche. Toute seule... Stupidement...

Bravement...

Ma sœur est une peste, mais c'est fou, je n'ai pas envie qu'elle disparaisse. Marie-Cléo m'énerve, m'achale, m'enrage. Je trouve qu'elle prend énormément trop de place dans notre famille. Mais... Pourtant...

Enfin... je veux dire... Peut-être que je ne la déteste pas si complètement!

J'allais repartir vers la maison pour avertir ma mère et les policiers quand j'ai aperçu un objet lumineux sur le trottoir. Une barrette! Une horrible barrette dorée picotée de pierres multi-colores et aussi brillante qu'un arbre de Noël.

Une barrette de Marie-Cléo! J'étais sur la bonne piste. Alors, j'ai foncé tout droit. Au prochain coin de rue, j'ai regardé à gauche, à droiiit...

MARIE-CLÉO!

Elle était là, tout près, sur le trottoir d'en face. Une voiture noire était arrêtée à ses côtés. Marie-Cléo parlait à un homme. Un inconnu en complet-veston avec un chapeau noir sur la tête.

J'ai tout de suite compris que c'était un bandit. Une crapule. Pire : un voleur d'enfants!

Marie-Cléo lui souriait. Elle allait monter dans l'auto.

Ah non!

— MARIE-CLÉÉÉOOO!

Je me suis élancé. Il fallait l'empêcher de monter dans la voiture. J'avais presque traversé la rue lorsqu'un épouvantable bruit de klaxon m'a cloué sur place. Un gigantesque camion fonçait sur moi. J'allais me faire aplatir.

Il y a eu un gros bruit de frein. Marie-Cléo a hurlé comme une défoncée. J'ai senti quelque chose de très très dur heurter ma tête.

Puis, plus rien.

7
Gare à l'Ogre poilu !

Finalement, j'ai survécu. Et la première chose que j'ai vue, en reprenant conscience, c'est un policier à grosses moustaches penché sur moi.

J'ai bien failli retomber dans les pommes !

À l'hôpital, un médecin m'a cousu la tête. Avec du fil et une aiguille. Quatre points de suture ! Oui, oui. Ça s'appelle comme ça. Et c'est DÉGUEULASSE !

Le pire, c'est que le médecin jacassait autant qu'une Marie-Cléo pendant qu'il jouait au couturier avec ma peau.

Heureusement, ça n'a pas fait trop mal.

De toute façon, ma mère disait que c'était nécessaire. Le camion ne m'a pas frappé. C'est moi qui ai dérapé! Je suis tombé sur le dos et ma tête a bondi comme une balle sur l'asphalte.

Marie-Cléo capotait. Elle pensait que j'étais mort. Moi aussi d'ailleurs. Une chance que ma mère et les policiers sont arrivés tout de suite. Ils m'avaient suivi. Ils avaient tout vu.

Maintenant, je suis couché dans mon lit comme un grand blessé. Je pense qu'en ce moment ma mère a un peu envie de me tordre le cou, de me pendre par les orteils ou de me réduire en confiture. Tout à l'heure, elle m'a servi une grande tasse de chocolat chaud avec des guimauves et... un interminable discours.

J'ai appris, entre autres, que l'inconnu en complet-veston n'était pas une sale brute mais... le père d'Aimée-Soleil !

Ma mère a énuméré tous les gestes « dangereux, irréfléchis, irresponsables et impardonnables » que j'ai faits dans la journée. C'était une très longue liste. Pire qu'une liste d'épicerie.

À mesure que ma mère parlait, j'avais l'impression de rapetisser. Je ne me sentais vraiment pas gros, vraiment pas bon non plus. Heureusement, elle s'est finalement arrêtée. Elle s'est raclé la gorge, m'a regardé droit dans les yeux, puis elle a dit :

— Je t'aime, mon petit coco.

D'habitude, je déteste me faire traiter de petit coco. Quand même! Je ne suis pas un œuf! Mais, cette fois, on aurait dit que ça ne me dérangeait pas vraiment.

Ma mère s'est penchée vers moi. Elle m'a couvert de baisers et elle m'a serré très très fort.

Je me suis senti ramollir. Puis fondre comme un *popsicle* au soleil. J'étais bien. C'était chaud et doux et bon. J'aurais presque souhaité rester tout le temps dans ses bras.

Ma mère venait tout juste de me quitter pour préparer une montagne de grosses tranches de pain doré au sirop d'érable lorsque j'ai entendu des grattements sous mon lit. Deux secondes plus tard, Marie-Cléo est sortie de sa cachette.

Encore une fois, elle m'avait espionné! Elle avait tout vu, tout entendu, l'horrible écornifleuse.

Mes yeux devaient lancer des éclairs, car ma sœur a eu peur.

— Alexzis... fâsse-toi pas. Z'voulais zuste entendre.

J'ai pris trois grandes respirations pour me calmer. Puis, j'ai dit gentiment à ma sœur que si elle ne disparaissait pas immédiatement, je demanderais à l'Ogre poilu, celui qui met toujours des enfants de maternelle dans sa soupe, de la découper en rondelles cette nuit.

Marie-Cléo semblait tellement épouvantée que j'ai eu le fou rire. Pauvre Marie-Cléo! Ce n'est pas drôle d'être aussi nouille.

Pour la rassurer, j'ai dû jurer au moins mille fois que l'Ogre poilu vivait sur une autre planète, dans une autre galaxie, et qu'il n'existait pas de vaisseau spatial assez gros pour le transporter jusqu'ici.

Mais j'avais beau lui expliquer que c'était juste une farce, ma sœur semblait terrorisée. Alors, parce que je suis le garçon le plus aimable, le plus charmant, le plus généreux et le plus adorable aussi, je l'ai laissée monter dans mon lit et se glisser sous mes couvertures.

Je sais que je suis beaucoup trop gentil. Et que Marie la chipie mériterait de moisir dans un cachot. Mais, dans le fin fin fond... je l'aime, ma sœur.

Je l'aime, mais je ne suis pas fou! Aussi, la prochaine fois qu'elle m'embête, qu'elle m'a-chale, qu'elle m'énerve, qu'elle se vante ou qu'elle me joue un tour... je prends le téléphone et, devant elle, j'appelle... l'Ogre poilu!